EXPOSITION UNIVERSELLE DE VIENNE
EN 1873.

SECTION FRANÇAISE.

RAPPORT

SUR

LES INSTRUMENTS DE MUSIQUE,

PAR

M. LISSAJOUS,

MEMBRE DU JURY INTERNATIONAL.

PARIS.

IMPRIMERIE NATIONALE.

M DCCC LXXV.

EXPOSITION UNIVERSELLE DE VIENNE

EN 1873.

SECTION FRANÇAISE.

RAPPORT

SUR

LES INSTRUMENTS DE MUSIQUE,

PAR

M. LISSAJOUS,

MEMBRE DU JURY INTERNATIONAL.

PARIS.

IMPRIMERIE NATIONALE.

M DCCC LXXV.

INSTRUMENTS DE MUSIQUE.

Le groupe XV, instruments de musique, était divisé, d'après le règlement, en trois sections :

1re section. Instruments à touches (pianos, orgues, harmoniums).
2e section. Instruments à cordes (harpes, guitares, etc.[1]).
3e section. Instruments à vent et autres appareils acoustiques.

Les jurés se sont répartis entre ces trois sections, et la France n'a été représentée que dans les deux dernières, par M. Gallay dans la section 2, par M. Lissajous dans la section 3. Néanmoins, les heures de travail du Jury ont été réglées de façon à permettre, dans une certaine limite, aux membres des différentes sections, de suivre tous les travaux. C'est ainsi que nous avons pu accompagner régulièrement nos collègues dans l'examen des pianos. L'examen des harmoniums et surtout des grandes orgues a été moins facile, parce qu'il s'est fait en partie pendant les travaux des deux dernières sections. Sur ce point, notre rapport sera donc moins complet que sur tous les autres, sauf en ce qui concerne les produits français.

Nous suivrons dans ce rapport l'ordre même des sections, en commençant par l'appréciation des produits étrangers, et terminant par les produits de notre exposition française, que nous devons tout à la fois comparer entre eux et comparer aux produits similaires des autres nations.

PIANOS.

L'exposition de Vienne est loin d'être aussi complète que les expositions précédentes, au point de vue de la facture des pianos. Un certain nombre de grandes maisons ont fait défaut. En Amérique, nous ne voyons ni M. Chikering ni M. Steinway, dont les instruments ont fait tant de bruit

---

[1] Il n'est pas inutile d'observer que cet *etc.* renferme les instruments à archet.

en 1867. En Angleterre, M. Broadwood, M. Collart, se sont abstenus d'exposer. En Allemagne, M. Bechstein est également absent.

Ces abstentions s'expliquent, les grandes maisons dont la réputation est faite, dont la clientèle est assurée, ont peu à gagner aux expositions, c'est dans la lutte de tous les jours devant le public, sous la main des artistes, dans les exécutions musicales, que leur valeur réelle s'affirme; et elles ne peuvent s'exposer à voir tous les cinq ans leur supériorité mise en question dans un concours trop rapide pour n'être pas un peu aléatoire. Cependant, hâtons-nous de le dire, l'Exposition actuelle a présenté à cet égard un avantage sérieux sur les expositions précédentes.

La liberté accordée à tout exposant de rester en *dehors du concours* a permis à certains facteurs d'être présents à l'Exposition sans courir le risque d'être déclassés. C'est ainsi que, dans notre exposition française, les maisons Érard, Pleyel-Wolff et Henri Herz ont été représentées par des instruments qui ont mérité les éloges du Jury. Ces maisons n'ont pas reculé devant les dépenses considérables d'une exposition dont elles ne devaient rapporter aucune récompense. Elles ont fait acte de patriotisme en contribuant, pour leur part, à montrer que l'industrie française a gardé son rang, et que, dans la facture des pianos, notre pays produit encore des instruments dignes de servir de modèles.

Une revue rapide des instruments des divers pays nous permettra de constater quel est aujourd'hui l'état relatif de la facture des pianos dans les diverses contrées de l'Europe.

AUTRICHE-HONGRIE.

En général, dans ce pays, la fabrication est en grand progrès. Les pianos autrichiens sont sortis de l'état d'infériorité notoire où nous les avons vus en 1862. Tout en conservant l'avantage du bon marché, ces instruments sont mieux construits et ont acquis une sonorité meilleure, et surtout plus puissante.

La plupart des maisons sont tributaires de la France pour les mécaniques: néanmoins les facteurs ont, en général, conservé une disposition compliquée pour les étouffoirs: le châssis de clavier continue à manquer de cette fixité à laquelle nos bons facteurs attachent, avec raison, une grande importance. Les principales maisons de Vienne se sont efforcées d'obtenir une grande sonorité; mais leurs instruments ne nous ont pas paru se prêter aussi facilement que les nôtres à l'expression facile des nuances délicates.

A part cette critique, nous ne pouvons que rendre justice à la belle sonorité des pianos à queue de MM. Ehrbar et Bœsendorfer. Les instruments de M. Streicher, dont le père avait reçu en 1867 la médaille d'or à Paris, nous ont paru dignes de la réputation de cette ancienne maison. Nous avons également remarqué comme instruments à bon marché les petits pianos à queue de M. Kutchera.

En Hongrie, M. Beregszaszy nous a présenté des instruments de bonne qualité. Ce facteur a fait un essai pour remplacer la table plane du piano à queue par une table voûtée dont le chevalet occupe la ligne de faîte. M. Ehrbar a adopté cette idée en la modifiant. Au lieu de voûter simplement la table, il l'a courbée en sens contraire sur les bords, en la relevant légèrement, de façon à lui donner un galbe analogue à celui d'une table de violoncelle; des barres, qui ont chacune un profil déterminé, sont fixées sous la table et en maintiennent la forme. Les inventeurs ont pensé qu'en se rapprochant du tablage des instruments à corde ils obtiendraient, d'une part, une meilleure qualité de son, et, d'autre part, une construction et même une amélioration progressive de la sonorité. Nous ne voyons, *à priori*, aucune raison scientifique sur laquelle on puisse s'appuyer pour affirmer que cette invention constitue un véritable progrès.

Les pianos de M. Ehrbar construits suivant ce système ont incontestablement une grande sonorité, mais ils ne nous ont pas paru présenter une supériorité bien manifeste sur des pianos de même facture munis du tablage ordinaire. Deviendront-ils meilleurs avec le temps, c'est ce que nous saurons dans quelques années. Il est arrivé si souvent, dans la facture, que des promesses de cette nature ne se sont pas réalisées, qu'on nous permettra de réserver notre jugement pour un avenir suffisamment éloigné.

Nous avons également remarqué dans l'exposition hongroise un clavier transpositeur qui s'applique sur le clavier du piano et permet, en se déplaçant, d'opérer la transposition. Malheureusement, si l'idée est bonne, la réalisation est déplorable. La dureté de cette mécanique est telle, qu'elle rappelle celle des anciens claviers d'orgue avant l'invention de la machine Backer. Les cinq claviers d'un orgue du siècle dernier réunis ensemble ne pèseraient pas plus sous le doigt que le clavier transpositeur dont nous avons fait l'essai.

RUSSIE.

La Russie nous a présenté quelques pianos à queue; ceux de M. Schrœder nous ont frappés par leur bon mécanisme et leur bonne sonorité. Ceux de M. Becker, altérés par le transport, ne nous ont pas complétement satisfaits; mais nous avons trouvé une remarquable facilité de clavier dans un instrument exposé par M. Hofer, à Varsovie. La sonorité en était chantante, quoique un peu métallique.

DANEMARK.

Le Danemark a exposé des pianos dont le son est agréable et le toucher facile. Ces instruments font honneur à MM. Horniing et Muller.

SUÈDE.

La Suède a été moins heureuse, et la plupart des instruments exposés nous ont paru médiocres.

ALLEMAGNE.

Le nombre des pianos exposés en Allemagne est considérable; les pianos droits surtout se font remarquer bien plus par la quantité que par la qualité. Il y a un certain nombre de pianos à queue qui sont loin de manquer de valeur. Tels sont les pianos de M. Bluthner, dont la sonorité est bonne et chantante; ceux de MM. Schiedmayer et fils, dont la construction est correcte et le son satisfaisant. M. Richard Lipp a également exposé de très-bons pianos à queue, parmi lesquels nous avons remarqué un piano petit format. M. Schiedmayer, qui est surtout fabricant d'orgues, a exposé également plusieurs bons instruments. L'un d'eux, un piano droit destiné à l'exportation, est construit presque entièrement en métal. Pour laisser voir librement tous les détails de la construction, le facteur l'a entourée de panneaux en glace. Si ces panneaux laissaient la vue libre, ils étaient peut-être un obstacle à la libre propagation du son, car cet instrument, véritablement intéressant au point de vue mécanique, présentait une sonorité insuffisante.

C'est également sur un des pianos de M. Schiedmayer qu'était appliqué un système assez compliqué de pédales, qualifiées par l'auteur de pédales artistiques. Dans ce système, l'exécutant a sous les pieds plusieurs pédales, dont les unes permettent de lever par parties les étouffoirs des diverses régions du piano, tandis que les autres fractionnent de la même manière l'action de la sourdine. Ce système n'est pas nouveau: MM. Lenz et Houdart, de Paris, l'avaient déjà présenté à l'Exposition de 1855. Leur piano portait quatre pédales et quatre contre-pédales, placées deux à deux, l'une au-desssus de l'autre; l'artiste agissait de haut en bas par la pression de la plante du pied sur la pédale inférieure, pédale de forté, et la contre-pédale ou pédale douce était mise en jeu par la pression de la pointe du pied, agissant de bas en haut. Le mécanisme allemand n'est qu'une reproduction imparfaite de ce système déjà ancien, qui ne paraît pas avoir eu un grand succès auprès des artistes.

En effet, les deux pédales que tous les pianos possèdent offrent à l'artiste des ressources bien suffisantes pour colorer son jeu. C'est par le mode d'attaque du clavier que s'effectue, suivant les exigences de l'exécution musicale, la répartition des nuances fortes ou douces entre les diverses parties de l'instrument. Vouloir réaliser par des moyens mécaniques ce que le pianiste obtient par la perfection de son mécanisme, c'est compliquer inutilement l'inst ument, et apporter un élément de gêne dans l'exécution musicale.

BELGIQUE.

La Belgique n'est représentée que par M. Florence, dont les instruments ne sont pas des œuvres de premier ordre. Ce facteur a exposé un piano muni de deux tables, laissant entre elles un intervalle et solidaires l'une de l'autre, de façon à constituer un corps sonore et creux, analogue à celui d'un instrument à cordes. Cette invention ne nous a pas paru réaliser les espérances de l'auteur, car le piano, entièrement dépouillé de son enveloppe pour laisser voir la disposition des tables, n'a pas plus de son qu'un piano fermé de toutes parts.

ITALIE.

Les instruments italiens ne présentent rien de remarquable, sauf un instrument de M. Alessandri, de Rome, qui est une copie textuelle du piano à queue d'Érard; copie tellement fidèle, que l'on pourrait croire à un simple changement d'étiquette.

SUISSE.

MM. Huni et Hubert ont exposé de bons pianos, qui sont construits dans les principes et dans la forme de ceux d'Érard.

ESPAGNE.

Dans l'exposition espagnole, nous avons remarqué les instruments de M. Bernaredgi, qui sont bien construits et ont une bonne sonorité. Ce facteur a d'autant plus de mérite qu'il n'est pas, comme beaucoup d'autres, tributaire de l'étranger; tout est fabriqué chez lui, et ses mécaniques, dont il a exposé des spécimens, nous ont paru construites avec un grand soin.

ANGLETERRE.

Ce pays est représenté par les instruments de M. Kirkmann, l'un des bons facteurs de Londres. Ces instruments sont faits avec soin: les dessus ont une sonorité agréable et chantante. mais les basses sonnent le tambour.

AMÉRIQUE.

Les pianos exposés par l'Amérique sont loin de valoir ceux des expositions précédentes. Il est vrai que les premières maisons se sont abstenues. Les seuls instruments satisfaisants sont ceux de MM. Steck et Cie, construits dans le système Steinway, dont ils ne reproduisent pas les qualités caractéristiques au point de vue de la sonorité.

FRANCE.

Parmi les exposants qui ont accepté le concours, nous signalerons : M. Martin, de Toulouse, dont les pianos sont, comme par le passé, des instruments de bonne construction et de bonne qualité; M. Thiboust, de Paris, qui est arrivé à livrer à un bon marché remarquable des instruments bien faits. M. Thiboust s'est attaché à éviter dans ses instruments la déformation que le temps amène dans les tables; il a pour cela diminué la charge des cordes sur le chevalet et exagéré l'épaisseur de la table; malheureusement nous craignons qu'en augmentant par ce moyen les chances de durée de l'instrument, il n'en affaiblisse en même temps la sonorité.

M. Kriegelstein a exposé un piano à queue dont la sonorité est bonne, mais le clavier dur. M. Baruth, de Lyon, est représenté par un piano à queue assez bien construit, et dont la mécanique présente quelques dispositions nouvelles.

Les maisons Érard, Pleyel-Wolff et Herz, se sont mises hors concours. Néanmoins le Jury a examiné avec un vif intérêt les instruments de ces maisons, qui sont toujours dignes de servir de modèle.

L'exposition de la maison Érard renferme trois beaux pianos à queue, dont un reproduit le type bien connu des excellents instruments de cette maison; les deux autres présentent des innovations importantes au point de vue du barrage métallique. Dans l'un, le barrage est entièrement en fonte et d'un seul morceau; le sommier des chevilles est encastré dans la fonte, et le tirage des cordes est équilibré uniquement par la résistance du châssis. Tout en adoptant le châssis en fonte, qui a donné des résultats remarquables dans les pianos américains, la maison Érard a cru devoir conserver le système des cordes parallèles, abandonné par beaucoup de facteurs pour les cordes croisées. Quoiqu'elle tienne à honneur de rester fidèle aux traditions qui ont fait son succès, notre plus ancienne maison française n'a pas hésité à entrer prudemment dans la voie des innovations; et elle n'a pas à s'en repentir, puisque ce changement de construction n'a rien enlevé aux qualités caractéristiques et à la sonorité magistrale de ses instruments.

S'il est toujours ridicule de voir un piano médiocre enveloppé dans un meuble dont la richesse jure avec la pauvreté de l'instrument, en revanche on ne peut reprocher à un grand facteur d'user des ressources de l'art décoratif pour mettre un excellent instrument en harmonie avec l'élégance d'un riche ameublement. Aussi ne pouvons-nous donner que des éloges à l'ornementation des pianos de luxe que la maison Érard a exposés. L'un d'eux, un piano droit, a déjà figuré à l'Exposition de 1867; il réunit à la pureté des formes le fini du détail; c'est une œuvre d'art d'une grande richesse et d'un goût exquis. Nous avons également admiré l'ornementation sobre et sévère de deux pianos à queue en bois noir, sculptés et gravés, dont l'un était dans les salons du commissaire général, M. du Sommerard, et y a été touché avec succès par M. Quidant.

La maison Pleyel-Wolff a exposé les principaux modèles de son importante et consciencieuse fabrication. Plus préoccupé de faire ses preuves au point de vue factural qu'au point de vue décoratif, M. Wolff n'a exposé que des types de sa fabrication courante; le seul luxe qu'il se soit permis, luxe sévère et de bon goût, a été de faire polir les barrages en fer de ses grands instruments, au lieu de les mettre en couleur comme on le fait d'habitude.

Les instruments de cette maison se sont fait remarquer par leurs qualités habituelles : sonorité distinguée et chantante, clavier facile et obéissant, qui permet à l'artiste de *faire le son*, étouffement parfait, absence de fausses résonnances dans les basses.

On a surtout admiré le piano à queue petit format, à cordes croisées, qui réunit sous un petit volume toutes les qualités d'un grand instrument. Sans aucun doute, ce charmant piano serait insuffisant dans une grande salle de concert; mais, dans un salon, que de ressources ne présente-t-il pas! C'est par un emploi judicieux des cordes croisées que M. Wolff a pu donner à ce petit modèle des basses dont la sonorité a une ampleur vraiment remarquable. Il est bien à désirer que ce petit modèle, dont le prix est très-modéré, contribue à ramener en France l'usage du piano à queue, si supérieur au piano droit pour l'accompagnement du chant et l'exécution de la musique d'ensemble.

M. Wolff est également l'auteur d'un clavier transpositeur analogue, par l'apparence, au clavier de l'exposition hongroise, mais différent par le mécanisme; autant le clavier hongrois est dur et lourd sous le doigt, autant celui de M. Wolff est léger et facile à toucher. Ce clavier auxiliaire se pose sur le clavier du piano, et, en le faisant glisser dans un sens ou dans l'autre, on le place dans la position convenable pour effectuer la transposition, qui se fait entre les limites extrêmes d'une octave; un ressort d'arrêt qui s'engage dans une plaque dentée permet d'assurer avec précision la position du clavier mobile par rapport au clavier fixe, et de constater en même temps l'intervalle de transposition. Cet appareil est si bien construit, qu'il permet d'exécuter la musique la plus rapide avec autant de netteté que sur le clavier même du piano. Cette invention, aussi simple qu'ingénieuse, est appelée à un véritable succès. Que de services ne peut-elle pas rendre aux chanteurs, qui ont souvent besoin de transposer des morceaux pour les ramener au diapason de leur voix !

Les pianos de M. Henri Herz sont ce que nous les avons connus en 1867, faciles à jouer et d'une belle sonorité; mais nous n'avons vu dans son exposition rien qui indiquât une tentative dans le sens du progrès. M. Herz s'en tient sans doute aux plans arrêtés dès 1855 avec la coopération son contre-maître, M. Knutz, qui depuis est allé porter ailleurs le concours de son expérience et de son talent.

En résumé, dans la facture des pianos, l'Allemagne est restée stationnaire; ses instruments sont solides et bien construits, mais ils manquent de charme; du reste, les pianos de l'Allemagne du Nord sont beaucoup au-dessus de ceux qui sont fabriqués dans l'Allemagne du Sud.

L'Autriche a fait des progrès considérables; néanmoins les facteurs de ce pays ne sont arrivés qu'à la puissance, sans obtenir la distinction, la suavité du son et la facilité du clavier.

L'Amérique, l'Angleterre ont fourni des produits satisfaisants, mais d'un mérite ordinaire. Le Danemark se fait remarquer par des instruments d'une sonorité douce et chantante. Dans les autres pays nous ne trouvons rien d'exceptionnel à signaler.

Nous pouvons donc affirmer que nos trois principales maisons françaises tiennent encore la tête de la facture des pianos. Il n'y a rien à l'exposition qui soit comparable à ces produits hors ligne. Nous n'avons pas la présomption de les classer par ordre de mérite. Nous croyons que, toutes les fois que des œuvres artistiques atteignent un certain niveau, ce qu'on a de mieux à faire, c'est de s'abstenir de les classer; ce serait une erreur et une profanation de ranger par ordre de mérite les chefs-d'œuvre de la peinture ou de la musique, comme un professeur classe les devoirs de ses élèves. Ayons le même respect pour les chefs-d'œuvre de la facture. Laissons chaque artiste s'abandonner aux entraînements de son génie, aux préférences de son talent; laissons Thalberg se faire applaudir sur les pianos d'Érard, Chopin obtenir tous ses succès sur les pianos de Pleyel; laissons Rubinstein jouer tour à tour avec la même aisance Érard, Pleyel-Wolff ou Herz, et soyons convaincus que les instruments qui fournissent à d'aussi grands pianistes toutes les ressources que peut désirer leur talent sont des instruments hors ligne, qui contribuent les uns comme les autres à assurer à notre pays une supériorité dont il peut à bon droit s'enorgueillir.

ACCESSOIRES DE PIANOS.

En dehors des grandes maisons qui fabriquent elles-mêmes leurs mécaniques, la plupart des maisons de facture se fournissent chez des fabricants qui, grâce à un outillage spécial, peuvent construire à bas prix, d'après des modèles déterminés, toute espèce de mécanique. Telles sont en France, la maison Rohden, la plus ancienne de toutes; la maison Schwander et la maison Gehrling. Ces maisons ont exposé des spécimens remarquables de leurs diverses fabrications. A la vue de ces produits exécutés avec tant de soin, on s'explique aisément que beaucoup de facteurs, même à l'étranger, soient leurs tributaires. Depuis l'emploi des barrages métalliques, les maisons de facture, sauf quelques exceptions, font fabriquer ces pièces au dehors. En Autriche, grâce au bas prix du fer et de la main-d'œuvre, les barrages peuvent être obtenus à très-bon marché : M. Kirralka a exposé un spécimen de barrage pour piano à queue avec le sommier de pointes, dont le prix est de 43 florins.

Les feutres jouent un rôle important dans la facture du piano, puisque c'est de leur égalité, de leur souplesse que dépend la qualité moelleuse du son. M. Fortin et Cⁱᵉ, de Paris, M. Billion, de Saint-Denis, ont exposé des spécimens remarquables de ces produits, par lesquels nos fabricants français conservent une incontestable supériorité.

PIANOS À SONS PROLONGÉS.

On reproche parfois au piano de ne pouvoir tenir le son et le prolonger à volonté, comme le font les instruments de l'orchestre; le désir d'ajouter cette qualité à un instrument qui rend tant de services à l'art a inspiré beaucoup d'essais qui, pour la plupart, n'ont pas abouti. Isoard avait, il y a plus de trente ans, obtenu la prolongation par un courant d'air agissant sur la corde. Cet instrument, construit par M. Henri Herz, avait frappé l'attention du Jury en 1849; mais il a été abandonné, à cause de l'inégalité des effets produits par ce mode d'ébranlement de la corde dans les diverses régions du clavier. Vers 1855, MM. Alexandre père et fils ont fait une autre tentative; ils prolongeaient le son au moyen d'un jeu d'anche très-doux associé au piano, et dont la sonorité avait été amortie de façon à simuler aussi exactement que possible la résonnance caractéristique de la corde.

Cette fois, nous trouvons dans l'exposition italienne un instrument de

M. Caldera, le melopiano, destiné à donner une nouvelle solution du même problème. Dans cet instrument, les cordes sont maintenues en vibration par les chocs très-rapides d'une série de petits marteaux mis en mouvement par un mécanisme d'horlogerie. Ces marteaux attaquent la corde près du sillet, et, en pesant avec le pied sur une pédale spéciale, on met en jeu ce mécanisme, et on a même l'avantage d'en graduer l'action par l'enfoncement de la pédale. Chaque fois que l'on abaisse une touche, le marteau correspondant devient libre d'ébranler la corde, et il cesse d'agir dès que la touche est relevée.

Ce mécanisme, très-ingénieux et très-bien construit, produit cet effet de prolongement que les pianistes obtiennent déjà par la répétition rapide de la note. Seulement, dans le melopiano, cette répétition, étant beaucoup plus rapide encore, donne à l'oreille l'impression d'un son continu. Néanmoins, l'effet de trémolo persiste et produit une sensation qui a parfois quelque chose de pénible. Si cet instrument était étudié par un artiste qui sût associer habilement cet effet nouveau avec les ressources propres au piano, peut-être serait-il possible d'en tirer un parti utile.

Le piano-quatuor de M. Baudet (France) n'est pas, à proprement dire, un piano à sons prolongés. C'est un instrument à archet cylindrique se jouant à l'aide d'un clavier. Cet instrument a déjà paru à l'Exposition de 1867, et le savant rapporteur de la classe 10, M. Fétis, l'a traité un peu sévèrement. Il est certain que, si M. Baudet s'est proposé l'imitation exacte du quatuor d'instruments à cordes, il a échoué. Un instrument à un seul clavier ne peut reproduire l'effet de quatre instruments indépendants, dont les échelles *se superposent en partie* et présentent sur des notes de hauteur identique des timbres de caractère très-différent. Un des grands effets du quatuor consiste à confier nécessairement la même phrase au violon, à l'alto et au violoncelle, et chaque fois la mélodie prend une couleur différente. Cet effet, M. Baudet ne l'a jamais obtenu et ne l'obtiendra jamais. En supposant que cet instrument rappelle le violoncelle et le violon dans leurs parties non communes, que représentera-t-il dans les degrés de l'échelle que le violon, le violoncelle et l'alto peuvent également parcourir? Le nom de piano-quatuor n'est donc ni justifié ni justifiable; mais, si nous considérons l'instrument de M. Baudet comme un nouvel instrument à clavier, présentant des ressources spéciales et une sonorité propre, voisine, à certains égards, de celle des instruments à cordes, nous sommes alors vis-à-vis d'une œuvre intéressante, d'un mécanisme ingénieux, et, si nous écoutons le jeune artiste qui le joue avec autant d'habileté que d'inspiration, nous acquerrons la conviction que cet instrument est appelé à prendre une place déterminée dans la série des instruments à clavier, pourvu que les artistes fassent des études sérieuses pour en tirer le meilleur parti possible. Il ne doit en effet se jouer, ni comme le piano, ni comme l'orgue; il est indispensable que la musique exécutée sur cet instrument soit en rapport avec la sonorité qui le caractérise et avec les ressources de son mécanisme.

ORGUES.

L'Exposition nous a paru moins riche en orgues d'église que les expositions précédentes, sans doute parce que le dévouement des facteurs est mis trop souvent à l'épreuve. Ce n'est, en effet, qu'au prix de sacrifices d'argent considérables qu'un facteur d'orgues peut installer un grand instrument, dont le montage et la mise en harmonie exige des semaines et parfois des mois entiers. Monté d'abord dans l'atelier du facteur, l'instrument doit être remonté à nouveau dans l'Exposition, avant d'être ensuite installé dans sa place définitive. Le facteur est donc obligé de retarder de plusieurs mois la livraison d'un instrument représentant un capital considérable. Si, au contraire, l'orgue a été fait sans destination déterminée, le placement en est d'autant plus difficile que ses dimensions sont plus grandes; car, on le sait, la disposition d'un orgue est essentiellement subordonnée à la place qu'il doit occuper. C'est donc par exception que de grands facteurs ont exposé des orgues d'un grand nombre de jeux, et on a pu remarquer à Paris, comme à Londres, que les facteurs même du pays où l'exposition avait lieu étaient seuls en mesure d'exposer des instruments de premier ordre.

L'Allemagne et l'Autriche ont été seules représentées dans cette branche de la facture. Nous n'avons pu visiter que les orgues exposées dans la grande rotonde, dont un a été inondé. Le plus important était un orgue de trente jeux, construit par M. Hesh, de Vienne, dans lequel les jeux se combinaient par voie de tirage à l'aide de pédales spéciales. L'orgue de douze jeux de MM. Rieger et fils, de Vienne, nous a paru assez bon dans les parties que l'eau de la toiture n'avait pas altérées. Nous avons également examiné l'orgue de seize jeux exposé par M. Mayer, dont les gambes et les flûtes avaient un bon caractère, et enfin l'orgue de vingt et un jeux exposé par MM. Steinmayer et Cⁱᵉ, dans lequel les soupapes étaient montées d'après le système Walcker.

Dans tous ces instruments, la sonorité était bonne, sans cependant présenter une qualité exceptionnelle, sauf pour certains jeux de flûte en bois, auxquels les Allemands s'attachent à donner une grande douceur et une suavité particulière. Quant à la partie mécanique, elle nous a paru maintenue dans les errements les plus simples de l'ancienne facture. Nous n'avons rien vu là qui fût comparable comme disposition mécanique, comme mise en harmonie et comme ressources de combinaisons, à ces instruments hors ligne dont notre illustre facteur français, M. Cavaillé-Coll, a donné de si nombreux spécimens, aussi bien dans les dimensions restreintes de l'orgue de concert, que sous la forme monumentale de l'orgue d'église.

Nous regrettons que le temps ne nous ait pas permis d'examiner le grand orgue de M. Walcker, supérieur à tous les autres, d'après le témoignage de notre collègue, M. Schiedmayer. Malheureusement, l'exposition était si vaste et le temps si court, que, dans beaucoup de cas, le Jury a dû se borner à un examen sommaire.

HARMONIUMS

C'est en France que l'harmonium a pris naissance; c'est également en France qu'il a reçu toutes les additions qui l'ont amené au degré de perfection qu'il atteint aujourd'hui, et dont les instruments de M. Debain, de M. Alexandre et de M. Mâstel nous offrent les types les plus parfaits. Nous n'avons trouvé dans les expositions d'Allemagne et d'Autriche que des reproductions plus ou moins parfaites de nos instruments français, parmi lesquelles nous citerons en première ligne les excellents instruments de M. Schiedmayer, de Stuttgard, notre collègue du Jury. Nous avons également remarqué, dans l'exposition américaine, des harmoniums d'une sonorité très-ronde et très-puissante. En France, MM. Alexandre père et fils ont seuls exposé; leurs instruments sont connus depuis de longues années. C'est dans la maison Alexandre qu'ont été réalisés la percussion et le prolongement, inventions ingénieuses de M. Martin, de Provins, qui ont tant ajouté aux ressources artistiques de l'harmonium. MM. Alexandre ont présenté cette fois une innovation dans la disposition des soufflets ou plutôt des pompes alimentaires. Cette disposition constitue une simplification mécanique, puisque le pied agit sans intermédiaire sur les pompes elles-mêmes; elle a également l'avantage de réduire le volume extérieur de l'instrument et de lui donner un aspect analogue à celui du piano. Malheureusement, notre conviction est qu'il y a dans cette invention un mauvais emploi de la force motrice de l'homme. Notre impression à cet égard a été confirmée par celle d'un artiste distingué qui a joué l'instrument devant nous; nous ne pouvons donc considérer cette invention comme un progrès. Néanmoins, nous avons accepté sans objection la médaille de progrès proposée par la 1ʳᵉ section pour l'ensemble des produits de la maison Alexandre.

INSTRUMENTS A CYLINDRE, ORGUES MÉCANIQUES,
BOÎTES À MUSIQUE.

Les instruments de ce genre sont nombreux en Autriche, en Allemagne et en Suisse: les boîtes à musique surtout. Nous en avons entendu un grand nombre, et nous avons pu constater que le mécanisme de ces instruments était toujours le même, la sonorité identique, et que les cylindres seuls avaient été mis au courant des progrès de la musique. Quant aux orgues mécaniques de grand volume, nous nous sommes arrêtés auprès sans pouvoir les entendre. L'un d'eux, placé dans la section autrichienne, nous menaçait à l'avance d'une bruyante exécution, si nous en jugeons par l'étalage formidable de trompettes et de tambours qui figuraient en montre; un dérangement survenu à la mécanique au moment du passage du Jury nous a épargné cette épreuve.

Un autre instrument très-volumineux, situé dans la section allemande, était fermé, le propriétaire absent. Il est vrai qu'une affiche bien en vue, placée au-dessus d'une fente étroite, annonçait qu'en laissant tomber une pièce de monnaie par cet orifice, l'orgue se ferait immédiatement entendre. L'absence de l'exposant a forcé le Jury à recourir à ce moyen pour asseoir son jugement. Malheureusement l'épreuve n'a pas été concluante, et, quoique plusieurs pièces aient été glissées dans le tronc, notre générosité a été inutile, et l'orgue est resté muet.

PIANOS MÉCANIQUES, PIANISTA.

Il a été construit depuis plusieurs années des pianos mécaniques, dont le plus remarquable sans contredit est celui de M. Debain. Quelques spécimens de ces instruments figurent à l'Exposition. Nous avons remarqué parmi eux un piano marchant à distance par l'électricité. Cet instrument était installé dans la section suisse. Le mouvement des marteaux et des étouffoirs s'obtient à l'aide d'électro-aimants que le courant d'une pile met en activité au moment voulu. L'un des pôles de la pile aboutit à un cylindre métallique, l'autre à une série de fils dont chacun passe par l'un des électro-aimants, et aboutit finalement à un style flexible appuyant sur le cylindre. Entre ces styles et le cylindre est un papier qui se déroule; ce papier est percé systématiquement comme les cartons du métier Jacquart: les trous du papier laissent passer pendant un temps déterminé le courant dans les électro-aimants destinés à faire fonctionner tel ou tel marteau, et le papier, par son passage, rompt le courant pendant le temps durant lequel chaque touche doit cesser d'agir. Les styles étant très-resserrés, quoique nombreux, le papier ne doit pas être très-large, les fentes qu'il présente n'ont pas non plus une grande longueur, et il est possible de réduire à un petit volume le rouleau de papier qui doit servir à l'exécution d'un long morceau. De plus, la transmission peut s'effectuer à une distance quelconque. Cet instrument, plus ingénieux qu'utile, nous a paru bien fonctionner.

Le pianista exposé par M. Thibouville remplit les mêmes fonctions que le piano mécanique, mais par un procédé nouveau. L'appareil se compose d'un meuble de petites dimensions d'où sortent une série de leviers ou marteaux en bois destinés à attaquer les touches comme le font les doigts du pianiste. Le pianista se pose devant un clavier de piano quelconque, pourvu que la hauteur en soit convenable; et, dès que l'on tourne la manivelle motrice du mécanisme, les doigts nombreux de cette espèce d'automate frappent le piano et font entendre tel ou tel morceau.

A cet effet, le mouvement de chaque doigt est sous la dépendance d'un soufflet moteur fonctionnant comme le soufflet moteur de la machine Barket, employée dans les grandes orgues. L'alimentation de ces soufflets moteurs se fait à l'aide de deux réservoirs principaux dont la manivelle met en jeu les pompes. Quant à la mise en jeu de chaque soufflet, elle s'effectue par l'ouverture de soupapes qui sont sous la dépendance d'une sorte d'abrégé dont les tiges motrices aboutissent toutes à une rangée de cames placées en ligne droite, au centre et à la partie supérieure de l'instrument.

Une série de cartons percés suivant le système Jacquart est entraînée sous ces cames, qui sont soulevées ou abaissées à tour de rôle, et font ainsi fonctionner les touches correspondantes.

Au moyen d'une tige placée à portée de la main gauche, on modifie la force d'attaque du pianista, en même temps que la main droite, appliquée à la manivelle, règle la vitesse suivant laquelle l'exécution du morceau a lieu. Pendant l'exécution, le pied placé sur une pédale auxiliaire, qui se rattache à la pédale de forté du piano, peut lever, si besoin est, les étouffoirs. Il est donc possible à une personne douée d'un certain sens musical de réaliser volontairement des changements de vitesse et de force, en un mot de nuancer l'exécution.

Cet instrument avait le privilége d'attirer dans la galerie française un grand nombre de curieux. A quoi bon, disaient naïvement bien des gens, se donner tant de peine pour apprendre le piano! Avec un bras robuste et quelques centaines de mètres de carton découpé, on peut se donner la jouissance d'entendre toute espèce de musique, depuis la valse et la polka jusqu'aux œuvres sérieuses des maîtres.

On le voit, les pianos mécaniques n'ont pas seulement pour but de venir en aide à l'ignorance, ils semblent faits pour l'encourager.

Le Jury, tout en rendant justice au mérite des combinaisons mécaniques réalisées dans cet ingénieux instrument, n'a pu en approuver la création ; il ne nous était pas possible de louer, au nom de l'art, une invention qui a pour objet de supprimer l'artiste, et dont le succès ne peut être profitable à l'art lui-même.

Heureusement, hâtons-nous de le dire, M. Thibouville, par d'autres œuvres beaucoup plus utiles, a mérité les éloges unanimes du Jury.

LISSAJOUS.